ZENTA MAURINA

IM ANFANG WAR DIE FREUDE

ZENTA MAURINA

IM ANFANG WAR DIE FREUDE

Variationen

über das Thema Weihnachten

MAXIMILIAN DIETRICH VERLAG

MEMMINGEN/ALLGÄU

Mit sieben Illustrationen von Went Strauchmann,
der auch den Einband gestaltete

ISBN 3 87164 081 6

3. Auflage 1976, 15. Tausend

Gesamtherstellung: MZ-Verlagsdruckerei GmbH,
Memmingen

Dem Andenken
meiner lieben Sekretärin
Margarete Petrautzki

Das Lächeln des Jesuskindes

Schön ist alles, was Himmel und Erde verbindet: der Regenbogen, die Stern=schnuppe, der Tau, die Schneeflocken, doch am schönsten ist das Lächeln eines Kindes, das die himmlischen Wiesen noch nicht vergessen hat.

Es schneit. Vom Himmel fallen weiße kleine Blüten oder sind es die Seelen der gestorbenen Blumen, die im Sommer als Duft in den Himmel stiegen? Auf Dä=chern, Bäumen und Sträuchern erstarren sie zu geometrischen Kristallen.

Jesus war in einer fremden Stadt, in einem dunklen Stall geboren. Seine El=tern waren Flüchtlinge — an den Augen sah man es ihnen an. Sie waren Men=schen, die nicht einmal ein Stück Erde für ein eignes Grab besaßen; Schatten=wesen, denen niemand gern die Tür öff=net und noch weniger gern setzt man sich mit Enterbten an einen Tisch:

„Im Stall beim Vieh habt ihr's gut genug. Ins Haus läßt man Fremde nicht hinein."

Maria kniete an der Krippe und der Dorn, den die Behausten in ihr Herz ge=stochen hatten, tat sehr weh. So klein, hilf= und schutzlos lag das neugeborene Kindlein auf nackten Strohbündeln. Durch das undichte Stalldach blies ein eisiger Wind. Maria zog die Krippe zu den Ochsen, Kühen und Schafen heran,

die mit ihrer dampfenden Wärme nicht geizten. Sie hauchte ihren Atem auf die winzigen Händchen und zarten Füße. Da fiel eine Schneeflocke auf das Stroh, ein großer weißer Stern, und das Jesus=kind lächelte, es lächelte zum erstenmal. Über dieses Lächeln war Maria so glück=lich, daß ihr der Stall für die Größe ihres Glücks zu eng erschien.

Sie ging hinaus ins Freie. Tiefer Schnee lag um den Stall. Alle Pfade wa=ren verdeckt, ob sie in die Wüste oder in einen Garten führten. Die Erde war mit einem Leichentuch ohne Risse und Nähte, ohne Flicken und Flecken über=zogen, man sah weder Sumpf noch Steine, weder die Spur eines Menschen noch die eines Tiers.

Am schwarzen Himmel leuchtete ein einziger Stern und in seinem Licht er=

blickte Maria weiße Blüten im Schnee.

Als sie mit den Blumen in der Hand in den Stall zurückkehrte, leuchtete das Stroh wie Gold und der ganze Raum war von einer blendenden Helligkeit erfüllt.

Wer Christrosen verschenkt, bringt das erste Lächeln des Jesuskindleins ins Haus.

Uppsala, Advent 1963

Das Christkind auf dem Meeresgrund
Ein wahres Weihnachtsmärchen

Das Leben ersinnt die seltsamsten Dinge und verfaßt die unglaublichsten Märchen. Ein solch wahres Märchen will ich hier erzählen.

In den bayerischen Alpen lebte ein Holzschnitzer, ein Mann mit einem einsamen Herzen, der seine Werke Gott zu Ehren schuf und seine Arbeit wie ein Gebet verrichtete. Nennen wir ihn Anton. Dieser Sonderling schlief und aß in seiner Werkstatt und begehrte wenig von des Lebens Gütern. Sorglos klim=perte er mit den letzten Groschen in der Tasche und war nicht gekränkt, wenn man ihn im Dorfe den Bruder Habe=nichts nannte.

Obwohl ihm die Liebe einer Frau ver=sagt blieb, glaubte er an die Macht, ohne die das menschliche Herz eine klingende Schelle und ein tönendes Erz ist.

Es war ein Mädchen im Dorf, die schöne Ursula, die gern mit ihm scherz=te. Wenn sie in seine Werkstatt trat und ihn anlachte, war ihm, als setze sich die Sonne an seinen Tisch.

„Bleib bei mir“, bat Anton, „ich schnitze die sanfteste Madonna für dich.“

„Eine Madonna friert ohne Kapelle, eine Frau friert ohne Pelz, das ist nun schon einmal so, lieber Bruder Habe=nichts", sagte Ursula und hielt ihm ihre Rosenknospenhände hin: „Schau nur, wie nackt meine Finger ohne Ringe sind."

Für das Gold im Herzen Antons war sie blind, das Geld im Beutel eines dä=nischen Kaufmanns verlockte sie. In übermütigem Glück küßte sie den Holz=schnitzer beim Abschied auf den Mund.

Anton war schon immer wortkarg gewesen, aber seit Ursula mit dem rei=chen Kaufmann nach Dänemark gezo=gen war, wurde er noch schweigsamer. Tagelang irrte er im Walde umher, um das Holz zu finden, aus dem er seine Figuren schnitzen konnte. Er mochte den fröhlichen Nußbaum, der zu blü=hen wagt, noch ehe der Schnee abgetaut ist, und die Jahrhunderte überdauernde

Eiche, aber der schönste Baum schien ihm die Linde in ihrer milden Mütterlichkeit.

Die Bäume raunten ihm geheimnisvolle Worte zu, besonders im Herbst, wenn der Wald von lauter Gold hell und klingend wird. An dürren Bäumen ging er vorbei; die Toten hatten ihm nichts zu sagen, nur aus Lebendigem kann Leben entstehen. Hatte er gefunden, was er suchte, trocknete er das Holz jahrelang, ehe er die im Baum verborgenen Gestalten zur Auferstehung brachte.

In Antons Werken lebte der verwandelte Wald voll Sturm und Stille, Vogelsang und Einsamkeit. Von altersher sind Baum und Mensch Freunde. Die Seelen der Menschen, die ihre Vergehen gesühnt haben, verwandeln sich nach dem Tode in Birken, Eichen, Linden, Buchen, Eschen und Nadelbäume. Wer reinen Herzens schweigend durch den Wald geht und nie einen Ast aus Mutwillen knickt, versteht die Sprache der Bäume, und wer Neid und Begierde in seinem Innern zum Schweigen gebracht hat, hört den Wald in den holzgeschnitzten Gestalten raunen.

Groß und gewaltig ist die Welt, die Gott der Herr geschaffen hat; herrlich waren die Köpfe der Männer und Frauen, die unter den Händen Antons entstanden. Sagte man zu ihm: „O, wie schön haben Sie das gemacht!", wehrte er bescheiden ab: „Das ruhte schon im Holz, ich habe es nur zum Sprechen gebracht."

Er hütete sich, Gottes Schöpfung in lebloser Nachahmung zu wiederholen:

in seinen Bildwerken wurde die Seele des Menschen sichtbar. Er wuchs dem Licht entgegen wie der Baum vor seiner Werkstatt, und ragte weit über das heimatliche Dorf hinaus. Als gescheite Leute ihm zuredeten, in die Stadt überzusiedeln, wo es weder lange Nächte noch Langweile gäbe und wo man das Geld wachsen höre, schüttelte der Meister den Kopf. Die Stadt, wo man den Winterschlaf der Erde, die makellos weiße Schneedecke nicht kennt und wo man von enthaupteten Bäumen nur die Rümpfe stehenläßt, schreckte ihn. Nein, er mußte in seinen Bergen bleiben bei den blühenden Wiesen und rauschenden Wäldern.

Für eine Mutter, deren Knäblein die Engel zu sich gerufen hatten, schnitzte er das Antlitz des Entrückten. Seit die

Mutter dieses Bildwerk in ihrem Zimmer hatte, war ihr Leben nicht mehr trostlos und leer. Sie hielt lange Zwiegespräche mit dem kleinen Waldgast und ihr war, als sehe sie das Kind lächeln. Reisende kamen von weither, um dieses Werk Antons und auch seine anderen Holzplastiken zu bewundern.

Am schönsten waren seine Weihnachtskrippen: Josef, Maria und das Jesuskind, denn diese drei liebte er am innigsten.

Im Jahre 1952 bestellte ein reicher Amerikaner, der die Alpen durchwanderte, bei Anton ein Bildwerk mit der Überschrift „Es ist ein Ros' entsprungen". Er bezahlte den Meister im voraus und nahm ihm das Versprechen ab, daß die Heilige Familie zu Weihnachten in Chicago eintreffen sollte.

Anton arbeitete Tag und Nacht. Für
die vom Amerikaner bestellte Plastik
hatte er schönes, weiches Lindenholz
gewählt; war doch das Wort des Erlö=
sers sanft wie das Blatt der Linde und
voller Süßigkeit wie ihre Blüte. Als die
Schnitzerei fertig war, mochte Anton
sich nicht von ihr trennen. In erschreck=
tem Staunen erkannte er, daß die Mut=
tergottes jener Frau glich, die wie eine
Sonne in seinem Leben auf= und unter=
gegangen war und von der er schon
jahrelang nichts mehr gehört hatte. Und
das noch Seltsamere — Josef trug seine
eignen Züge! Aber Anton war ein Mann,
der das gegebene Wort hielt. Eigenhän=
dig verpackte er die Weihnachtskrippe,
liebevoll wie eine Mutter, die ihr Kind
auf eine weite Reise schickt. Noch vor
dem ersten Advent brachte er, durch

tiefen Schnee watend, sein Paket zur Post.

Die Heilige Familie reiste mit dem Eisenbahnzug nach Norden, dann kam sie auf den Frachtdampfer „Enterprise", der in der Nordsee unterging. Die Mannschaft rettete sich dank der Disziplin des Kapitäns, der als letzter in ein Rettungsboot sprang. Die ganze Fracht ging unter. Auch die Heilige Familie. Das konnte Anton nicht begreifen. Alle Zeitungen rühmten den heldenhaften Kapitän, erwähnten die Zahl der geretteten Mannschaft, von der ertrunkenen Heiligen Familie sprach niemand.

Anton war wie von Sinnen. Wie konnte das Christkind ertrinken? War doch Christus über die Wellen des Sees Genezareth gewandert. Vielleicht aber war die Besatzung durch das Christus=

kind, von dem niemand der Mitfahrenden etwas wußte, gerettet worden.

„Diese Weihnachtskrippe hätte ich nicht fortgeben sollen“, sagte sich Anton. „Wer sein Herz verkauft, muß sterben.“ Die Bäume um ihn erwachten aus ihrem Winterschlaf und flüsterten ihm mit sanften Blätterlippen tröstende Worte zu, aber er hörte sie nicht. Der Kummer nagte an ihm, und er alterte, als seien die verflossenen Monate Jahre.

Der reiche Amerikaner war weder ein Krämer noch ein Geizhals, er bestellte eine neue Krippe und versprach einen Preis, doppelt so hoch wie das erste Mal. Doch Anton wollte davon nichts hören: „Solch eine Maria kann ich nie mehr aus dem Holz herausholen und eine andere mag ich nicht.“ Seine Werkstatt bedeckte sich mit Staub. Die

Tonmodelle, die halbfertigen Arbeiten umstanden ihn wie Gespenster.

Als es wieder Winter wurde, stampfte er durch den Schnee, aber nicht wie einst nach Freunden unter den Bäumen su=chend, sondern nach einem Grab für seinen Kummer. Allein, so tiefen Schnee gab es nirgends. Er erklomm den steil=sten Gipfel, Wolken ruhten wie Schwäne zu seinen Füßen, aber der Berg war kleiner als sein Herzeleid.

Abends und morgens flüsterten seine Lippen das gleiche Gebet: „Lieber Gott, gib mir Maria und das Jesuskindlein zurück. Laß mich nur noch ein einziges Mal die beiden schauen, und sei es auch nur im Traum. Ich habe diese Gestalten ins Leben gerufen, damit die Hoffärti=gen vor Dir in die Knie sinken und die Last ihres Hochmuts abwerfen. Ich habe sie geschnitzt, damit man in der Alten und in der Neuen Welt, im Westen wie im Osten, im Norden wie im Süden die stillste Nacht heilige, und nun liegt das Jesuskindchen auf dem Meeresgrund im eiskalten Wasser. Tatest Du das, weil die Herzen der Menschen so kalt sind?“ Dann aber sah er im Geiste ein anderes Bild:

Das Jesuskind spielt mit den Fischen im Meer, und die Stummen können vor Freude singen. Jede Nacht schläft es in einer anderen Muschel, und wer eine solche findet, hört das Meer rauschen. Maria und Josef sitzen unter den Korallenbäumen und lauschen den Wellen. Aber dann verschwinden die lieblichen Bilder. Das Jesuskind ist ganz allein zwischen Haifischen und Polypen, und niemand ist in seiner Nähe, der es be=

schützen kann. Dem Meister Anton ist, als müsse sein Herz vor Kummer zerspringen. Er geht in die Kirche und zündet vor Maria, der Wundertäterin, eine Kerze an.

Im Dorf nannte man ihn nicht mehr den fröhlichen Habenichts, er war jetzt der arme Tor, der den Verstand verloren hat. Er wich — wo er nur konnte — den Dorfbewohnern aus, ihre Fragen und Blicke trafen ihn wie giftige Pfeile.

Jahre vergingen. Anton ergraute, gebückt ging er einher und sah mit seinem wirren Haar wie eine alte Korbweide aus. Seine Hände zitterten. Aber immer faltete er noch seine dürren Reisig=Finger zum Gebet und beschwor das Jesuskind zur Rückkehr. Keiner der Reisenden besuchte ihn mehr, er lebte verges=

sen und verlassen in seiner verstaubten Werkstatt.

Aber eines Tages geschah ein Wunder: der Postbote brachte ihm einen Brief, den Anton gleichgültig entgegennahm. Was hatten ihm Menschen schon zu sagen? Doch als er den Brief eine Weile in der Hand gehalten und beäugt hatte, glitt wie ein Sonnenstrahl im Winter ein Lächeln über die schmerzzerrissene Rinde seines Gesichts: er hatte die Handschrift auf dem schönen ausländischen Papier erkannt. Hastig öffnete er den Umschlag und traute seinen Augen nicht: Ursula, die Freundin seiner Jugendtage wandte sich an ihn mit zärtlich gütigen Worten; es war, als sei sie nie von ihm fortgegangen. Sie berichtete: Ein Fischerjunge in Dänemark habe auf der Insel Römö ein Bild=

werk aus Holz mit Antons Namenszug gefunden. Der junge Bursche, ihr Fischlieferant, habe ihr den wundersamen Fund geschenkt und sie habe, noch ehe sie das Zeichen des Künstlers gesehen, erraten, wer der Schöpfer sei.

„Ich erschrak vor Glück“, schrieb die dänische Kaufmannsfrau, „als ich im Antlitz Marias meine Züge erkannte. Jetzt sehe ich ganz anders, gröber und alltäglicher aus, doch in Deiner Maria spiegeln sich die glücklichsten Tage meines Lebens. Vielleicht habe ich damals so ausgesehen, als ich mit Dir durch den verschneiten Wald wanderte und ohne Pelz zu frieren meinte. Jetzt habe ich den kostbarsten Pelz und friere mitten im Sommer.“

Einige Monate später kehrte die Heilige Familie zu Anton zurück. Der Stern

war verschwunden, eine Hand von Jo=
sef gebrochen, aber das Ganze war noch schöner geworden, weicher und ver=
träumter. Die Gestalten hatten einen graublauen grünlichen Schimmer. Im Holz ruhte nun das Geheimnis des Wal=
des und des Meeres, wie auch des Schmerzes, der nicht mehr weh tut.

Uppsala, Advent 1956

Der Weihnachtsgast

Dreiundzwanzigster Dezember.

Schneekristalle sinken auf schwarze Straßen und Häuser. Hast und Eile beim Einkauf der Weihnachtsgeschenke. Die Luft knistert wie Seidenpapier vor Erregung und Spannung.

Frau Lind, eine stattliche Blondine im weißen Pelz und weißer Pelzmütze kann sich nicht entscheiden, ob sie einen ro= ten oder grauen Schlips für ihren Mann kaufen soll. Schneeflocken glitzern in ihrem üppigen Haar, echte Brillanten in ihrem Ring. Unschlüssig fragt sie die Verkäuferin:

„Welcher Schlips würde meinem Mann besser zu Gesicht stehen? Zu einem grauen Anzug."

„Ist der Herr blond oder dunkelhaarig?"

„Ganz blond, noch heller als ich."

„Dann rate ich der gnädigen Frau, diesen dunkelroten zu nehmen."

Frau Lind ist ohne Auto gekommen und bittet, alle Einkäufe ihr direkt ins Haus zu schicken, aber um Gottes willen ohne Verzögerung. Sie schreibt die Adresse auf einen Zettel: Doktor Erich Lind, Waldstraße 7. Die Verkäuferin errötet. Sie ist schlank und dunkeläugig. Ihr halblanges Haar trägt sie glatt gescheitelt, es hängt zu beiden Seiten herab wie die Ohren eines Hundes und läßt ihr schmales Gesicht noch schmaler erscheinen. Sie ordnet die Pakete und liest noch einmal die Adresse: Doktor Erich Lind? Das war also seine Frau. Die Frau des Mannes, der sie eine Nacht geliebt hat. Das heißt, ob er sie geliebt hat, weiß sie nicht, aber sie hat sich ihm mit jeder Zelle ihres Lebens und ihres Körpers hingegeben. Das war vor acht Jahren, aber eigentlich war es heute — es ist immer.

Auf einem Neujahrsball lernten sie einander kennen. Sie tanzten zusammen, den ganzen Abend. Er begleitete sie nach Hause. Die Mutter war zu Verwandten aufs Land gefahren. Um sieben Uhr morgens ging Erich Lind weg. Sie war kaum siebzehn und so glücklich, als gehörte ihr die ganze Welt. In einem Menschen die ganze Welt. Dann ließ er nichts mehr von sich hören. Nun, er war Direktor eines großen Krankenhauses, seine Aufsätze über Schonkost wurden in den Tageszeitungen gedruckt. Er hatte Wichtigeres zu tun, als das ihr gegebene Versprechen einzulösen. Sie wartete einige Wochen, dann schrieb sie ihm, und als er nicht antwortete, schrieb sie noch einmal und bat um ein kurzes Rendezvous: „Ich verspreche Dir, daß ich Dich nicht länger als eine Viertelstunde aufhalten werde."

Sie trafen sich in einem Café. Er war so, wie nur er sein konnte: ganz nah, ganz der ihre. Und sie wußte wieder, daß sie schöne Augen und einen verführerischen Mund hatte, er nannte sie seine kleine Italienerin. Ja, er liebe das Aparte, nicht das Abgegriffene. Er sagte, er wolle überhaupt nicht heiraten, weder sie noch eine andere Frau. Er liebe das ungebundene Leben, die weiten Reisen—heute nach Mallorca, übermorgen nach Nairobi, wie könne man sonst die Mühsal des Alltags ertragen? Sie verschwieg ihre Bangnis, sie hatte nicht den Mut, die Wahrheit zu sagen.

Als sie aber im vierten Monat war, konnte sie das Alleinsein nicht länger ertragen und flehte ihn um ein Wiedersehen an. Er kam. Sie aßen zu Mittag in einem eleganten Hotel. Sie hatte sich ein neues schwarzes Kleid gekauft, ein solches, wie er es gern mochte; in einem Schaufenster hatte er ihr einmal ein ähnliches gezeigt: ganz glatt, ärmellos, mit tiefem Ausschnitt. Sie trug den Schmuck, den er ihr geschenkt hatte und der weder sehr billig noch sehr teuer war.

Als sie das, was so schwer zu sagen war, hervorgestammelt hatte, biß er sich auf die Unterlippe. Es sei selbstver=ständlich, daß er alles bezahlen würde, aber das Kind müsse sie loswerden je eher, desto besser.

„Und nachher mußt du dir schöne Ferien gönnen. Ich bezahle dir einen Aufenthalt in den Bergen oder noch besser — eine Gesellschaftsreise nach Athen."

„Ich will nicht nach Athen fahren."

„Warum?"

„Was soll ich da?"

„Würde dir denn Athen keinen Spaß machen?"

„Nein."

„Wohin willst du dann?"

Sie schwieg.

„Nun, fahre meinethalben nach Inns=

bruck, da gibt es Kunst und Sport, alles was du willst. Ich bezahle deinen Aufenthalt für eine Woche, meinethalben für zwei Wochen."

„Ich will nicht nach Innsbruck."

„Nun sag doch endlich, was du willst."

„Bei dir bleiben."

„Du weißt, daß das ausgeschlossen ist. Ein Zufall kann nicht mein Leben bestimmen."

„Zufall?! Du nennst das Zufall?" Die Tränen stürzten ihr aus den Augen.

„Bitte, werde nicht sentimental und verdirb nicht den schönen Nachmittag. Komm, laß uns gemeinsam ins Kino gehen, im Odeon ist ein feines Programm."

„Ich will nicht."

Seine Zornadern schwollen an. Sie

stand jäh auf und verließ den Raum. Er konnte ihr nicht nachlaufen. Er hielt auf Würde. Auch mußte er die Rechnung bezahlen und der Kellner ließ auf sich warten.

Er schickte ihr eine größere Geldsumme, die sie noch am selben Tag retournierte. Gewiß, sie war nur eine kleine Verkäuferin und er hatte Hochschulbildung, war Direktor eines großen Krankenhauses. Aber in jener einen Nacht waren sie beide gleich hoch und gleich niedrig, das Kind gehörte ihnen beiden. Wenn er das nicht verstand, brauchte sie sein Geld nicht. Sie schrieb ihm nur zwei Zeilen: „Alle Schuld rächt sich auf Erden." Aber sie sandte den Brief nicht ab. Sie liebte ihn zu sehr. Auch jetzt noch. Die wahrsten Briefe erreichen kaum je den Adressaten.

Am 23. Dezember schleppte sie sich todmüde nach Hause. Den ganzen Tag auf den Füßen, ohne Mittagspause. Jedes Jahr dasselbe. Erst einen Tag vor Heiligabend fällt es den guten Leuten ein, daß man auch dieses Jahr alle Verwandten und Bekannten mit Geschenken überschütten muß.

Diese Frau Lind hatte also alle Rechte auf ihn und wußte nicht einmal, was für einen Schlips sie für ihn wählen sollte. Sie war strahlend schön, das war nicht zu leugnen, und reich war sie auch, noch reicher als schön. Das hatte Maria ohne viel Mühe erfahren. Sie hatte also sein Kapital vergrößert. Ob auch sein Glück?

Marias siebenjähriger Sohn Jan spielte mit seinem Freunde in der Küche. Als Maria die Tür aufgeschlossen hatte, hörte sie das Gespräch der Kinder. Der kleine Freund zählte ihrem Jan alle Weihnachtsgeschenke auf, die er bekommen würde: vom Vati eine elektrische Eisenbahn und von der Oma eine Kokosnuß. Das wußte er ganz genau. Als er mit dem Aufzählen fertig war, fragte er: „Und was bekommst du?"

Jan antwortete zögernd:

„Von Mutti einen wollnen Jumper und bunte Zeichenstifte, das habe ich jedenfalls auf den Wunschzettel geschrieben."

„Und von der Oma?"

„Die ist tot."

„Und was schenkt dir dein Vater?"

„Ich habe keinen Vater." Die Antwort klang ungewöhnlich hart und laut.

„Ist er gestorben?"

„Nein."

„Hat sich deine Mutti von ihm schei=
den lassen?“

„Nein.“

„Jedes Kind hat doch einen Vater.“

„Aber ich habe keinen.“

Am Abend setzte sich Maria an das Bett ihres Sohnes. Sie umarmte ihn un=
gewöhnlich zärtlich und flüsterte ihm ins Ohr:

„Mein Liebling, mein Jungchen, du hast einen Vater, gewiß hast du einen Vater. Warum solltest du keinen haben? Als du noch klein warst, habe ich dir nichts erzählt, aber jetzt bist du groß genug und wirst deine Mutti verstehen. Dein Vater heißt Erich Lind, ich habe ihn sehr sehr geliebt, er ist ein herrlicher Mensch. Er mußte von mir fortgehen. Ja, das war anders wohl nicht möglich. Einmal hat er mir Blumen geschickt, nur

ein einziges Mal, eine weiße große Hya-
zinthe."

Am 24. Dezember glänzte alles im
Hause Dr. Linds, die Silberleuchter
nicht minder als das Parkett und die
Augen der Hausfrau. Nach einer Stun=
de mußte ihr Mann heimkehren. Sie war
erst gestern aus dem Sanatorium ent=
lassen worden und hatte in aller Eile die
Weihnachtseinkäufe gemacht. Auch die=
ses Mal hatte sie ihr Kindchen nicht aus=
tragen können. Das war nun schon das
zweite Mal, daß die Frucht ihres Leibes
nach dem fünften Monat abging. Sie
war eine gesunde, kräftige Frau und
auch ihr Mann war gesund. Selbst die
größten Spezialisten konnten keinen
Fehler an ihr entdecken. Und trotzdem
zwei Fehlgeburten! Nur Anna, das erste

Kindchen war am Leben geblieben, ein zierliches Mädchen, dem die eine Niere fehlte und das sich nur sehr langsam entwickelte. Frau Lind hatte sich in Davos prächtig erholt. Sie war ja noch jung und konnte ihrem Mann noch viele Kinder schenken. Sie neigte nicht zum Grübeln und ärgerte sich, wenn ihr Mann mißgelaunt sagte:

„Ich begreife nicht, woran das liegt. Als ich heiratete, wünschte ich mir sieben Söhne! Und nun ist's, als läge ein böser Zauber über unserer Ehe."

„Bitte, werde nicht pathetisch", erwiderte seine Frau, „deine unbegründeten Vorwürfe reizen meine Nerven und du willst doch, daß ich fröhlich bin."

Die kleine Anna schlief bereits. Sie lag in ihrem Bettchen und rund um sie war ein Berg von Geschenken aufgesta=

pelt. Das Ehepaar Lind war aus der Kirche zurückgekehrt. Es tat gut, sich einmal auszusingen und von der Botschaft der Liebe zu hören. Nun saßen sie beide allein im Wohnzimmer. Er hatte die Kerzen am Christbaum noch einmal angezündet.

„Weißt du, Erich, heute abend bin ich glücklich", sagte Frau Lind und spielte mit dem breiten goldnen brillantenbesetzten Armband. „Ja, ich bin glücklich. Heute vormittag besuchte mich meine Freundin Ruth, und stell dir vor, sie erzählte mir, daß ihr Mann Weihnachten bei seiner Geliebten verbringt. Weißt du Erich, wenn du eine Geliebte hättest, dann würde ich aus dem Fenster springen."

Er umarmte sie stürmisch: „Ich liebe nur dich."

Jan ging durch die menschenleeren Straßen und hielt den Hyazinthentopf mit beiden blaugefrorenen Händen fest umklammert. Eisregen peitschte ihm ins Gesicht.

„Geh zu deinem Vater“, hatte die Mutter gesagt, „er wird sich über dich freuen, heute ist doch Weihnachten. Du fährst mit dem Bus Nr. 11 bis zur Endstation, dann steigst du aus und gehst das letzte Stück zu Fuß. Waldstraße 7. Du mußt dich beeilen. Um neun Uhr wird das Haus zugeschlossen. Sollte es schon geschlossen sein, klopfe ans Fenster.“

„Wird er mich erkennen?“

„Welch eine Frage! Wie sollte er dich nicht erkennen, du bist doch sein Sohn! Du hast genau dieselbe Kopfform, dasselbe üppige blonde Haar. Wenn ihr beide zusammen seid, wird jeder sagen, daß du sein Sohn bist."

Jan ging am Fluß entlang. Das Was=ser hatte eine unheimliche Anziehungs=kraft. Die vielen Lichter, die sich in der schwarzen Flut spiegelten, riefen und lockten ihn. Er blieb stehen, beugte sich über die Brücke. Nein, es war zu kalt. Er schreckte zurück. Und die Mutter hatte doch gesagt, der Vater werde sich freuen, daß er seinen Sohn gefunden habe. Warum schlug sein Herz so schnell und warum war ihm so traurig zumute? Und was war das für eine Stimme, die ihn ins Dunkel rief?

„Jedes Kind hat einen Vater", hatte die Mutter gesagt, „nur geschieht es bisweilen, daß der Vater sein Kind ver=gißt. Und vergessen ist dasselbe wie verlieren. Nun aber werdet ihr einander wiederfinden. Und das wird das schönste Weihnachtsgeschenk für euch beide sein ...“

Jan wiederholte sich die Worte der Mutter, aber ein unnennbares Etwas schnürte ihm die Kehle zu. Zögernden Schritts ging er weiter. Waldstraße 7. Das Haus auf dem Hügel leuchtete hell, er sah den brennenden Baum. Die Vorhänge waren nicht zugezogen. Ja, aber wird der Vater allein sein? Das zu fragen hatte Jan nicht gewagt. Er klingelte. Gleich nachdem er es getan, wollte er fortlaufen. Aber irgend etwas — war es Erwartung, Schreck, Neugierde oder alles zusammen — hatte seine Glieder gelähmt, er konnte sich nicht rühren.

„Hörst du, es hat geklingelt“, sagte Frau Lind, indem sie sich aus den Armen ihres Mannes löste. „Wohl noch ein Gratulationstelegramm. So viele wie heute gab es noch nie. Ein Zeichen, wie beliebt wir sind."

„Hast du Kleingeld?" fragte er, in=dem er aufstand und in seinen Taschen herumsuchte. „Der Bote müßte ein Trinkgeld bekommen."

„Weißt du", sagte Frau Lind, „lade ihn zu einem Glas Grog ein. Es ist heute so eiskalt draußen. Hörst du wie der Wind jault?"

Es klingelte noch einmal. Herr Lind ging, um zu öffnen. Frau Lind hörte ihren Mann leise und erregt sprechen und über seinem Flüstern die Stimme eines Kindes, laut und deutlich:

„Bist du mein Vati?"

Uppsala, Advent 1962

Ein Häuflein Heimaterde

Weihnachten ist das Fest des Gebens, des Sichverströmens. Verbannung aber ist Seelenverkümmerung, seelische Unterernährung.

Das Geheimnis, Freude zu bereiten, beruht in der Fähigkeit des Erratens und Überraschens. Je lieber man jemanden hat, desto leichter ist es, unausgesprochenen Wünschen zuvorzukommen, an der Sehnsucht des andern teilzuhaben.

Nun, da ich schon das siebente Jahr

entwurzelt und entrechtet in der Welt umherirre und durch die niedrigen Tore der Verlassenheit und Verlorenheit hin=durch muß, trifft es mich hart, daß der köstlichste weihnachtliche Genuß — die Freude des Verschenkenkönnens — so geschmälert ist.

Heimat haben heißt, sich geborgen fühlen. In mir aber ist immer eine Un=ruhe, ein Gefühl von etwas Drohendem. Keine Erde unter den Füßen. Ich friste mein Leben auf einer über schwarze Ge=wässer dahingleitenden, abbröckeln=den Eisscholle. Jeder Tag ein Danaiden=faß. Nie das erlösende Gefühl voll=brachter Arbeit.

An einem Weihnachtsabend in der Fremde sah ich den ärmsten Menschen. Er stand im grauen Schneeregen an einer Straßenecke. Er bettelte nicht, wie es im ersten Augenblick schien. Sein weit aufgerissener Mund war stumm. In der ausgestreckten Hand hielt er ein feurig zuckendes Etwas — sein Herz, das er den Vorübereilenden anbot. Aber die unter der Last der Weihnachtsein=käufe und ihres Ichs stöhnenden Men=schen achteten seiner nicht. Mich erwar=tete niemand, ich blieb stehen, schaute ihn an und erschrak: in der Spiegel=scheibe eines Warenhauses erkannte ich mein eignes Antlitz.

Bin ich zum Gespenst geworden? Meine Vergangenheit ist verbrannt. Meine Zukunft in Dunkel gehüllt. Um mich — ein leerer Raum. In kältender Fremde erfriert die Freude des Mittei=lens: aus Blumen werden Eiszapfen. Tränen, die von liebender Hand nicht getrocknet werden, verwandeln sich in Steine, die den Weinenden erwürgen. Und wer will mit Leichen verkehren? Dante siedelte die Trübseligen, die im süßen Himmelslicht grämlich geweh= klagt haben, in den Sumpf des Inferno an. Dort müssen sie ewig jammern zur Strafe für ihr Versagen in der Kunst des Sichfreuens.

In meiner Heimat ging man, bevor man unter den Christbaum trat, auf den Friedhof und brachte den Entschlafenen ein kleines Lichterbäumchen. In der Nacht des 24. Dezembers verwandelte sich der Totenacker am Hafen in einen Wald brennender Tannenbäume. Mei= stens waren die Nächte still, der Wind verlöschte nicht die Kerzen. Aus dem Dunkel der Nacht flatterten weiße Mö=

wen und zerrissen die Stille durch ihre heiseren Rufe. Vielleicht aber waren es die Seelen der Verstorbenen, die in dieser Nacht keinen Frieden fanden, weil niemand ihr Grab besuchte und schmückte.

Unsere alte Magd Antonina erzählte, zu jedem Fest, damit es Segen bringe, müsse man auch die Geister der Toten einladen. Dieses sei nicht schwer. Man müsse ganz allein in einem von einer Kerze erleuchteten Raum bleiben und den Namen des Verstorbenen, wie auch den seiner letzten Ruhestätte, ein dutzendmal ganz leise vor sich hin sprechen. Den Manen brauche man nicht entgegenzugehen, es sei nicht nötig, ihnen die Tür zu öffnen. Nicht einen Finger dürfe man rühren. Lautlos gleiten die Manen in den Raum, man sieht sie nicht, man

hört sie nicht, man riecht sie nicht, man
spürt nur einen kalten Hauch im Ge=
sicht. Ein unsichtbarer Jemand setzt sich
zu dir an den Tisch und ißt mit dir von
deinem Teller. Du darfst ihm nichts ver=
wehren. Auch weinen darfst du nicht.
Tränen beschweren den Rückflug in die
ewige Heimat.

Hier in meinem schwedischen Exil
würde ich gern die Manen zu mir ein=
laden, um mit ihnen die Wege meines
Herzens zu durchwandern, aber ich ken=
ne ihre letzte Ruhestätte nicht. Ich weiß
nicht, ob sie auf dem heimatlichen Fried=
hof begraben oder in den Sümpfen am
Nordpol versunken sind oder auch in
den Folterkammern des Teufels zu Tode
gequält wurden. Neun Jahre habe ich
von ihnen, mit denen ich den Alltag zu=
sammen durchkämpfte, den Reichtum

beunruhigender und beglückender Gedanken wie auch die Stille des Feierabends teilte, nicht eine einzige Nachricht erhalten. Aus Europa, Amerika, Australien und Südafrika sind ganze Berge von Post angekommen, aber aus den Ländern am Baltischen Meer—nicht eine Zeile. Es ist, als seien sie alle, die ich geliebt habe, durch ein Erdbeben verschüttet. Mein Gerettetsein wird zu einer unheimlichen Tatsache.

Die Kerzen am Christbaum werden immer kleiner, die Schatten an der Dekke und den Wänden immer länger. Knisternd brennt ein Ast, heimweherregende Düfte tragen mich ins Traumland. Plötzlich greift's mir so wunderlich ans Herz, mein Blick fällt auf ein noch ungeöffnetes Paket. Behutsam löse ich die Umhüllung, ein Pergamentpapier nach dem andern fällt zu Boden. Schließlich halte ich in den Händen ein Seidensäck=chen. „Ein Häuflein Heimaterde“, — so lautet die Inschrift.

Die Schenkende ist eine unbekannte Leserin meiner Bücher. Eine deutsche Frau im Harz, die Namen und Adresse verschweigt. Ich weiß nicht, ob sie alt oder jung ist, doch ich ahne ihre Schön=heit: wer wachsam erratenden Herzens durchs Leben geht, hat strahlende Au=gen. Langsam und aufmerksam lese ich den schlichten Brief. Im Kampf gegen die Verwüster des Ostens war ihr Bru=der, an dem sie mit zärtlicher, selbst=loser Liebe hing und der für sie der teuerste Mensch auf Erden war, vor Riga gefallen.

Riga — klingt das nicht wie der Lock=ruf eines Waldvogels? Riga — die Stadt der Städte, in die ich nicht zurückkehren darf.

Die Unbekannte hatte den weiten Weg auf sich genommen und war vielen Hindernissen zum Trotz ans Grab ihres Bruders nach Riga gepilgert. Da sie die sterblichen Überreste nicht heimführen durfte, hatte sie einige Handvoll Erde mitgenommen und mehrere große, gelbe Herbstblätter, den einzigen Schmuck des Hügels. In schwarzen Stunden der Verzweiflung hätte sie in meinen Büchern Trost gefunden und wollte nun durch diesen Gruß mir danken.

Mehr als Reichtum verbindet Leidtum: es schlägt festere Brücken von Mensch zu Mensch. Die Unbekannte hatte mit mir das Teuerste, was sie besaß, geteilt. Wie wir durch den physischen Schmerz unseren Körper kennen=

lernen, so durch das Leid — die Seele, die eigne und die des andern. Verschwenderisch Verschenkende haben am tiefsten gelitten.

Seit ich die Heimaterde in einer Schachtel aus Birkenborke aufbewahre, bin ich nicht mehr allein: ich sehe das Grab des unbekannten Soldaten in meiner fernen, meerumwehten Heimat und fühle mich der deutschen Frau in der fremden Stadt im Harz verbunden. Im Geiste sehe ich, wie sie in ihrer stillen Kammer vor dem Bilde des geliebten Bruders eine Kerze entzündet und seine alten Briefe liest. Ich entzünde an meinem Bäumchen eine Kerze für sie und lese nun schon zum drittenmal ihren Brief. Auch wenn man das Liebste verloren hat, muß man weiterleben. Und Leben heißt: Widerhall wecken, dem

Widerhall sich öffnen. Außer der irdi=schen Erde gibt es noch eine andere, un=verwüstliche, die Herz=Erde, und sie ist es, die die Entheimateten ernährt.

Zu den Entrückten und Verscholle=nen, zu den im Dunkel Versunkenen können wir weder reisen noch Festgrüße mit ihnen austauschen. Nur beten kön=nen wir für sie: Gott schütze unsere Lieben vor dem Moor der Melancholie, vor dem Drachen der Angst, vor der Sturzflut der Verzweiflung. Schenke ihnen in der Heiligen Nacht eine fried=liche, weiße Stunde.

Uppsala, Advent 1953

„Lasset das Zagen, verbannet die Klage“

Kiefern=, Wacholder= und Tannen=zweige aus dem Walde ... Mit den dür=ren Zweigen heize ich den Kamin, die frischen kommen in einen großen brau=nen Krug. Der Wacholder brennt über=mütig laut, sein Licht und prasselndes Gespräch erfüllt das ganze Zimmer. Auch nachdem er erloschen, bleibt sein warmer, erdnaher, würziger Atem im Raum. Es ist, als sei ein feuriger Freund bei dir zu Gast gewesen.

Mein Herz war ein dunkles Haus, mit verschlossenen Fenstern und Türen, nun öffnen sie sich in Schmerz und Freude.

Mir gegenüber sitzt meine anspruchsvolle fünfjährige Freundin. Sie reicht mir einen Bogen Papier, den sie, meine Tätigkeit nachahmend, mit gleichmäßigen Strichlein und Bogen bekritzelt hat, und sagt im befehlenden Ton: „Lies!" Ich schaue sie an und lese, was in ihrem erhitzten Gesichtchen steht. Das fällt mir nicht schwer, denn sie ist dem Gebet meines Herzens anvertraut:

„Der Weihnachtsengel wanderte über die Erde. Das war damals, als der liebe Gott mit seiner Sternenmütze auch in die großen Städte kam und man seinen leisen Schritt in den Häusern hörte."

„Erzähl vom Weihnachtsengel!"

Meine kleine Freundin bittet mich inständig darum.

„Der Weihnachtsengel war auf die Erde gekommen, um die Kinder zu beschenken.“

„Alle oder nur die artigen?“ unterbricht sie mich, und ihre Stimme ist voller Bangnis.

„Zu Weihnachten sind alle Kinder artig.“

„Erzähl weiter!“

„Der Weihnachtsengel war auf einem Kreuzweg stehengeblieben und teilte Spielsachen und Äpfel, Puppen und Bananen aus. Immer mehr Kinder sammelten sich um ihn und riefen: ‚Gib, gib!‘ Wie ein Blumenkranz schlossen die ausgestreckten Kinderhände ihn ein: auch als er nichts mehr zu verteilen hatte, begehrten sie Gaben. ‚Ich habe nichts mehr', sagte der Engel traurig und hüllte sich fröstelnd in seine großen Flügel. ‚Gib, gib!' riefen die Kinder. Da ward der Engel so traurig, daß er zu weinen anfing, seine Flügel ausbreitete und sich langsam zum Himmel erhob. Es regnete auf der ganzen Erde. Die silbrig leuchtenden Tränen des Engels hingen an den Sträuchern, Dächern, an Telefondrähten und Balkonstangen.

‚Hast du wirklich nichts mehr?' fragte ein kleines Mädchen namens Monika, das seine leeren Händchen zum entschwebenden Engel flehend emporhob.

‚Doch, ich habe noch etwas — mein Herz, aber das will niemand.'

‚Was kann man mit einem Herzen machen? Kann man es essen?' fragte Monika. Lächelnd schüttelte der Engel den Kopf.

‚Kann man damit spielen?' — ‚Nein, das darf man nicht.' — ‚Kann man sich damit schmücken?' — ‚Kaum. Aber man hat immer etwas zum Verschenken.'

‚Oh, das ist schön', rief Monika und hüpfte vergnügt mit dem Herzen des Engels davon. Plötzlich waren die Hände leer. Hatte sie das Herz verloren? Nichts war zu sehen. Es hatte zu regnen aufgehört, und ein großer freundlicher Mond lugte durch die Wolken und nickte ihr zu.

Monika wuchs heran, und alle liebten sie, weil sie immer etwas zu verschenken hatte und alle froh machte. Dem blinden Großpapa las sie aus der Bibel vor, dem von der Arbeit müde heimgekehrten Vater holte sie die Zeitung, dem alten Gärtner half sie den Karren auf den Berg schieben, und die

Wiege des Brüderchens schaukelte sie, bis es einschlief.

Als Monika ganz groß geworden war, kam ein Mann über ihren Weg, ein starker Mann. Es war wieder Weihnachten. Da sagte Monika: ‚Der Riese Krieg hat unsere schöne Stadt zerstört. Dunkel und kalt ist's überall, doch dort oben leuchtet der Weihnachtsstern herrlich wie in meiner Kindheit.' Der starke Mann sah Monika in die Augen, nickte zustimmend und hob sie so hoch empor, daß sie den Stern pflücken konnte. Beide saßen in einer kleinen kalten Kammer, der Nordwind jaulte ums Haus. Sie hatten nichts, nur ein Stück Brot, den Duft der Tanne und den Weihnachtsstern, und noch etwas, wofür es kein Wort gibt, doch wer dieses Etwas besitzt, ist glücklich ..."

„Ist die Geschichte aus?“ fragte meine kleine Freundin.

„Die Geschichte vom Weihnachtsstern ist niemals zu Ende erzählt. Gestern sang man seine Lieder im Dom von Uppsala. Und Männer und Frauen unterbrachen ihre Arbeit, junge Leute ihr Liebesspiel, die Greise vergaßen ihre Gliederschmerzen, alle gingen dem Gesang zu lauschen:

‚Lasset das Zagen,
verbannet die Klage,
stimmet voll Jauchzen
und Fröhlichkeit an.‘

Der Mond wunderte sich, wie die Engel ohne seinen Beistand in die Kirche gekommen.“

„Nun, die waren wohl mit dem Flugzeug gereist“, half meine kleine Freundin mir und dem Mond über unsere Un=

wissenheit hinweg und drängte ungeduldig: „Erzähl weiter!“

„In der Kirche sang man die Gesänge des Erzengels Johann Sebastian, und der Mond lauschte, genau so, wie er vor zweitausend Jahren dem Jauchzen in Bethlehem zugehört hatte und viele, viele Jahre später dem Spiel einer Mutter in einer kleinen Stadt am Baltischen Meer. Nachdem die Kerzen am Weihnachtsbaum heruntergebrannt und Kinder und Hausgenossen reich beschenkt schlafen gegangen waren, setzte sie sich noch einmal ans Klavier und spielte alle Lieder von den Engeln und vom Weihnachtsstern.“

„War das deine Mutti?“ — „Ja.“ — „Und wo war ich damals?“ — „Du warst im Himmel.“ Zufrieden mit meiner Antwort erläuterte sie diese: „Ich war im Himmel und beschützte dich." — „Wie du mich auch jetzt beschützest."

„Erzähl weiter!"

„Meine Mutter spielte: ‚Wie soll ich dich empfangen und wie begegnen dir?' — Ich lag in meinem Bett wach und dachte: Sicher hat der liebe Gott meine Mutter ganz besonders gern, denn niemand versteht schöner zu danken und schöner einen Gast zu empfangen."

„Wo ist deine Mutti jetzt?" — „Sie ruht in fremder Erde. Der böse Riese Krieg vertrieb sie aus ihrem Haus, und sie brach am Wegrand zusammen."

„Erzähl etwas Fröhliches! Erzähl, wie du klein warst!"

„Gut, Mutter spielte also, und ich lag wach in meinem Bett und lauschte und schaute durchs Fenster.

Wer in der Weihnachtsnacht einen

Stern fallen sieht und sich dabei etwas wünscht, dessen Wunsch geht in Erfül= lung. Ich schaute und wartete. Jedes Jahr wartete ich auf die Sternschnuppe. Endlich, in einer Weihnachtsnacht löste sich vom schwarzen Himmel eine Stern= blüte und glitt zur Erde. Es war nur eine Sekunde, aber sie war lang genug, um meinen Wunsch aufzufangen und ihn schaukelnd in den Himmel zu werfen."

„Was wünschtest du dir?"

„Flügel. Ganz frei einmal zu sein, so leicht wie ein Vogel, so leise wie eine Schneeflocke zu fliegen, wenn auch nur ein einziges Mal."

„Und was war weiter?"

„Der Weihnachtsstern hielt, was er versprochen."

Meine kleine Freundin sieht mich mit jenem vorwurfsvoll überlegenen Lä=

cheln an, mit dem frühreife Kinder nicht ernst zu nehmende Erwachsene betrach=ten:

„Und du konntest wirklich fliegen?"

„Ja."

„Wohl mit dem Flugzeug?"

„Nein. Ohne Flugzeug. Das ist ein sonderbares Fliegen, aber du bist zu klein, um das zu verstehen."

„Oh, ich verstehe alles", sagt sie im Ton gekränkten Stolzes, und ich muß nachgeben: „Schau einmal, diesem Pa=pier, das ich beschrieben habe, entsprin=gen kleine Zaubergeister. Sie schenken mir eine Tarnkappe, und dann fliege ich unsichtbar zwischen den Seiten meines Buches in viele, viele Länder. Die Briefe, die du mir jeden Morgen bringst, kom=men aus all den Ländern, in die ich ge=flogen bin."

„Ist das ein Märchen oder Wahr=heit?“ fragt sie streng.

„Das ist ein wahres Märchen, und diese sind die schönsten.“

Uppsala, Advent 1955

Der Heimatberg

Einst lebte in fremden Landen ein einsamer Mann, der nicht in sein Haus, zu seiner Arbeit und zu seinen Freunden zurückkehren konnte. Wilde Völker hatten seine Heimat an sich gerissen und alle Wahr=Sager aus dem Lande vertrieben.

Die Heimat des einsamen Mannes war dort, wo die weißesten Birken wachsen, das Meer voll Unruhe ans Ufer schäumt und die Menschen von einem Freiheitsdrang beseelt sind, der weiß wie die Birken, ruhelos wie das rauhe Rauschen des Meeres ist. Der einsame Mann lag schon viele Jahre krank zu Bett. Ihn quälte eine unheil=bare Wunde mitten im Herzen. Er freute sich über jeden Gast, wirklich lieb aber hatte er die Kinder, die zarten Blumen, die süß zwitschernden Vögel im großen Garten Gottes. Er war geduldig und de=mütig, niemand aber hatte ihn je lächeln gesehen. Den schönsten Schmuck des Menschen hatte er auf dem weiten Weg in die Fremde verloren.

Die Sprache des Landes, in dem er ge=zwungen war zu leben, hatte er erlernt, niemand aber kannte die Sprache, die er von Kindheit auf gesprochen hatte, niemand kannte das dunkle Rauschen der Tannen an regenschweren Tagen, das sanfte Säuseln grüner Roggenähren, das sonnengesättigte Gesumm der Bie=nen am Sommermittag.

Allabendlich besuchten ihn die Kin=der des Dorfes. Hin und wieder kamen auch die Erwachsenen, wenn sie den Alltag satt hatten. Der Fremdling konnte nämlich ein Märchen nach dem andern erzählen. Doch am stillsten wur=de es im Raum, wenn er in seiner eig=nen Sprache sang. Überfiel ihn ein allzu heftiger Schmerz, dann sang er mit lei=ser, wohlklingender Stimme, damit nie=mand die brennende Wunde in seinem Herzen bemerke.

In der Nähe des Dorfes erhob sich ein Berg, mit dem es eine seltsame Be=wandtnis hatte: wer ihn erstieg und vom Gipfel ins Land schaute, sah seine Heimat. Jeder die seine. Der Berg war hoch und nur ein abschüssiger Pfad zwischen Geröllfeldern und tückisch grinsenden Eisrinnen führte nach oben. Auch die mutigsten Bergsteiger mußten auf halbem Wege umkehren und mancher brach angesichts der griffarmen Bergwand kurz vor dem Ziel zusammen. Ja, in alten Zeiten sei es anders gewesen, vor hundert Jahren sei jeder kühne Kletterer zum Gipfel gekommen.

An einem Frühlingsmorgen, als der Faulbaum am Flußufer seine weißen Blüten ausgehängt hatte und in betäubender Schönheit strahlte, wie nur jemand strahlen kann, dessen Wurzeln immer von derselben Erde genährt werden; an einem Frühlingsmorgen, als die Lerche im Himmelsblau jubilierte, wie nur jemand Gott loben und preisen kann, der nach weiter Reise in sein altes Nest zurückgekehrt ist, an einem sol=

chen Frühlingsmorgen packte den ein=
samen Mann eine fieberhafte Unruhe.
Er erhob sich von seinem Lager, das er
während der Wintermonate kaum ver=
lassen hatte und machte sich auf den
Weg. Die Sonne brannte, der steile Pfad
war mit losem Gestein besät, er aber
kletterte ohne Steigeisen und Pickel aus=
gerüstet höher und immer höher. Die
Menschen im Tal schauten ihm verwun=
dert nach, zuckten die Achseln und rie=
fen einander zu: „Der Fremdling will
den Heimatberg erklimmen! Sagte ich
nicht schon immer, daß er verrückt ist."

Die Lerche besang den Untergang
der Sonne, das Weiß des Faulbaums er=
losch im Dunkel der Nacht. Der Berg=
steiger kehrte nicht zurück. Die Lerche
verkündete den Aufgang der Sonne.
Die Menschen gingen an ihre Arbeit,

die Hütte des Fremdlings blieb leer. Als er auch am dritten Tag nicht zurückgekehrt war, gaben die Dörfler den Bitten ihrer Kinder nach und machten sich auf, den Märchenerzähler zu suchen. Als er noch in ihrer Mitte weilte, sahen sie ihn nicht, nun aber, da er fort war, fehlte er ihnen. Sie sehnten sich nach der Stille, die um ihn war und nach dem Licht, das er in ihren Herzen je und je entzündet hatte. Ganz gern hätte man wieder einmal die wundersame Geschichte von der Sonne gehört, die sich abends ins goldene Boot setzt, um im Meer davonzuschaukeln und in einer riesigen Tanne zu schlafen.

Nach langem Suchen fand man den einsamen Mann, tot lag er auf nacktem Felsengestein. Ein Wunder hatte sich vollzogen: die unheilbare Wunde in seinem Herzen hatte sich geschlossen: er lächelte, wie nur jemand lächelt, der seine Heimat wiedergesehen hat, und sei es auch nur im Traum.

Uppsala, Advent 1952

Im Anfang war die Freude

Evangelium bedeutet im ursprünglichen Sinn frohe Botschaft. Wer die Mauer der zweitausendjährigen abstumpfenden Gewöhnung durchbricht und diese Botschaft in kindlicher Einfalt aufnimmt, wird der Glückseligkeit teilhaftig.

Im Anfang war die Freude. Mit Freude beginnt alles, mit Freude endet alles im Evangelium. Bereits in den ersten Takten der Christussymphonie, im ersten Kapitel Lukas klingt das Motiv der

Freude auf. Der Engel verkündet Zacharias, daß sein Weib Elisabeth einen Sohn gebären werde: „Und du wirst des Freude und Wonne haben, und viele werden sich seiner Geburt freuen."

Auch Maria wird die Geburt ihres Sohnes durch einen Jubelruf des Engels verkündet: „Gegrüßet seist du, Holdselige!"

Maria war sechzehn Jahre alt und ungewöhnlich schön. Der heilige Antonius hat uns einen Bericht hinterlassen über die Jungfrauen von Nazareth, die weit und breit durch ihre Schönheit berühmt waren. Und die lieblichste von allen war Maria — galiläisch Mirjam. Aus einem sonnengebräunten, kindlich runden Gesicht — rosig angehauchte Mandelblüten in der Frühlingsdämmerung — leuchteten sterngleich ihre nacht=

schwarzen großen Augen in regungsloser Erwartung wie die eines Kindes.

Ihre Freude ob der Botschaft, die ihr der Engel Gabriel brachte, war so überwältigend, daß sie diese für sich allein nicht behalten konnte. Sie mußte ihr Glück, um es zu erfassen, mit jemandem teilen.

Fliegenden Schrittes geht sie ins Gebirge und tritt in das Haus des Zacharias, um Elisabeth zu besuchen. Die Frauen umarmen einander und das Motiv der Freude klingt nun in zwei einander steigernden Variationen. Da Elisabeth den Gruß der erregten Maria hört, „hüpft mit Freuden das Kind in ihrem Leibe", und des Kommenden harrend, ruft Maria aus:

„Mein Geist freut sich Gottes, meines Heilands."

Durch den Widerhall befruchtet, wächst die Freude als strahlender Baum in den Weltenraum und entzündet die Himmelslichter.

Die Hirten, die den Stern sahen, wur=den hocherfreut. Und welch eine Klar=heit leuchtete um den Engel, als er zu den Hirten auf dem Felde sprach: „Siehe, ich verkündige euch große Freude, die allem Volk widerfahren wird."

Das gleiche Gefühl bewegte die Wei=sen aus dem Morgenlande, die in dan=kender Anbetung vor dem Kinde nie=derknieten.

Um die Freude zu entzünden, um den Schmerz auszulöschen, kam Jesus auf die Welt. Das Leid gehört zum Mensch=sein. In Schmerzen wird der Mensch ge=boren, doch er wird geboren, um den Schmerz zu überwinden. Jesus ging zu

den Menschen, um Traurigkeit in Freude zu verwandeln. Kurz vor seiner Gefangennahme sagte er zu seinen Jüngern, die seine Lehre unter alle Menschen verbreiten sollten: „Ein Weib, wenn es gebiert, so hat sie Traurigkeit, denn ihre Stunde ist gekommen, wenn sie aber das Kind geboren hat, denkt sie nicht mehr an die Angst um der Freude willen, daß der Mensch zur Welt geboren ist.“ Mit jedem Menschen werden unendliche Möglichkeiten der Freude geboren: „Und euer Herz soll sich freuen, und eure Freude soll niemand von euch nehmen“, — deutlicher kann der Sinn unseres Lebens nicht ausgesprochen werden. Wer die Fähigkeit sich zu freuen nicht besitzt, ist christusfremd, und wer eine Freude tötet, ist der schlimmste Mörder.

Das, was Europas Antlitz auf Jahrtausende hin bestimmt hat, nahm seinen Anfang in der Weihnachtsnacht, deren Helligkeit und Heiligkeit in das eine, oft mißbrauchte, nie ganz auszuschöpfende Wort zusammenströmt: Freude!

Wenige kennen das im Staunen begründete Geheimnis der Freude in dem Maße wie Fra Beato Angelico. In seinen Gemälden, vor allem in der Geburt Christi, geht die Freude wie eine Sonne auf. Seine Farben sind nicht von dieser Welt. Brauchte er Blau, zerrieb er ein Stückchen Himmel auf der Palette, er nahm einige Sonnenstrahlen und zerrieb sie zu Gold, er tauchte den Pinsel in die Morgenröte und hatte Rot in Hülle und Fülle, Silber holte er sich von der Mondsichel und war reicher als alle

Könige im Westen und Osten. Seine Malerei war ein demütig stolzer Dank an Gott für das unsägliche Wunder des Lichts. Unter den Malergiganten zu Florenz war er ein frommes Kind.

Und für die Kinder wurde Jesus in der Heiligen Nacht geboren. Er war es, der uns ermahnte, von den Kleinen und Kleinsten zu lernen. Aber wir heutigen Menschen können nicht in der Freude Fra Angelicos untertauchen, solange unzählige Kinder hungrig und unbehütet im Tränensturm umherirren und Millionen unserer Brüder und Schwestern nicht einmal so viel Freiheit haben, um den Geburtsort ihres Kindes und Buches zu bestimmen und das Grab ihrer Mutter zu besuchen.

Uppsala, Advent 1954

Inhalt